Via Genova, 208 - 10127 Torino
prima edizione: novembre 2009
direttore editoriale: Andrea Malabaila
progetto grafico: Chiara Scavino
quarta e sinossi: Elena Di Mizio
impaginazione: Carlotta Borasio
correzione bozze: Rossella Messineo
ISBN 978-88-95744-11-7

www.lasvegasedizioni.com

Giulia Meli

Lontano da qui

Las Vegas edizioni

Intro

Una famiglia felice in gita in montagna. La mamma, una ragazza con i capelli lunghi e sciolti e un sorriso aperto, stringe fra le mani una macchina fotografica. Il padre ha la barba e gli occhiali. I due sembrano dividere un segreto divertente, una complicità palpabile che illumina le voci serene. Infine una bambina. Ha i riccioli neri, il viso paffuto, un giubbino rosa e un equilibrio precario. Si aggrappa alla mano del papà e indica qualcosa nella sua lingua sconosciuta. Forse hanno in programma un picnic nel bosco alle loro spalle, forse torneranno all'auto parcheggiata poco più in là per via del tempo incerto. La mamma cerca di attirare l'attenzione della piccola: «Ale, tesoro, guarda qui.» Schiocca le dita, la bambina ride, la macchina fotografica borbotta.

Impresso per sempre sulla pellicola. Un sentiero, un bosco, un papà. Dimentico dell'obiettivo, è chino verso la bambina, le stringe la mano, la sorregge.

Una dichiarazione d'intenti.

Lascio cadere la fotografia nell'ultimo scatolone, chiudo il bagagliaio della mia jeep e salgo in auto. Destinazione: lontano da qui.

Parte 1

Adagio

1.

Squilla il cellulare. Lo ignoro. Sto lavorando, non posso distrarmi. A maggior ragione se, come sospetto, è mia mamma. Mille giustificazioni per soffocare il senso di colpa. Allungo una mano per abbassare il volume della suoneria, senza staccare gli occhi dal monitor. Cerco a tentoni fra cumuli di scarabocchi, matite mangiucchiate e residui di quello che avrebbe dovuto essere il mio pranzo. Il telefonino tace prima che la mia mano destra lo recuperi fra le macerie di Beirut. Non pensarci, mi impongo. Concentrati. La mia mano sinistra stringe il mouse. Se io aggiungo un'ombra qui, anzi no evidenzio... il cellulare riprende a squillare. «Non è vero!» Balzo in piedi, tirandomi dietro montagne di cartaccia che nella rovinosa caduta fanno riemergere il cellulare disperso. Sono seccata oltre ogni limite quando rispondo: «Pronto?» «Ciao Ale, sono Elena.» Precisazione superflua, riconosco la voce. Esita un secondo poi prosegue: «Ti disturbo?» Puoi scommetterci. «Assolutamente. No. Come va?» «Bene, grazie. Tu? Non ti sentiamo da un po'. Abbiamo in programma una grigliata, il prossimo sabato sera... ci sei?» Il mio silenzio non deve essere particolarmente incoraggiante. «Ci piacerebbe molto» conclude, incerta. «Davvero, Elena, ne sarei felicissima.» Mentre lo dico, mi accorgo che non è del tutto una bugia. «È solo che sono indietro con le consegne e non posso allontanarmi da qui.» Tiro un sospiro e tutto d'un fiato continuo: «Però venite a trovarmi uno di questi giorni. Non avete ancora visto qui completamente ristrutturato.»

Chiacchieriamo ancora qualche minuto e ci lasciamo con la promessa di vederci presto. Come sempre, d'altra parte.

La mia concentrazione è sfumata e, guardandomi intorno, mi accorgo che il mio studio sembra stato spazzato da un uragano. Salvo il lavoro svolto con un determinato click e raccolgo i bicchieri sporchi, le tazzine con i fondi carbonizzati di caffè e i piatti con avanzi smangiucchiati. Salgo la scala a chiocciola con il mio carico in precario equilibrio fino al lavello in cucina. Colgo l'immagine di me stessa nello specchio del corridoio e non balzo indietro spaventata solo perché mi ci sono abituata. Se un uccellino facesse il nido nei miei capelli sarebbe comodissimo, e io, effettivamente, non me ne accorgerei. Mi serve una doccia. Non mi ricordo l'ultima volta che l'ho fatta. Ho passato la scorsa notte al computer. E quella prima. Stamattina, quando neanche il quinto caffè sembrava avere più effetto, sono uscita a pulire la capannina e a distribuire il fieno. Dopo sarebbe stato logico fare una doccia. Ma ho avuto un'intuizione fulminante per concludere il lavoro. Un'idea che ho rincorso per tutta la mattina e parte del pomeriggio, fino alla telefonata. Mentre lancio i jeans nel cesto dei panni da lavare, e lo manco, mi soffermo a pensare a Elena. Non a quanto la sua telefonata mi costi, ovvero un'altra sicura notte insonne, ma a quanto sia facile avere nostalgia di una persona a cui non pensi più. E che non vedi da mesi. Un calcolo rapido. Forse quattro. Giusto, quattro. Sono andata a Milano per il compleanno di mia sorella in febbraio. L'acqua è bollente, esattamente come piace a me. Pioveva quel giorno. Ho fatto un salto nel maneggio in cui lavora, abbiamo bevuto una cioccolata. Le ho raccontato di qui, all'epoca i lavori di ristrutturazione erano quasi ultimati. Lei aveva di recente comprato casa con Roberto, il suo fidanzato storico. Ha definito casa mia "l'eremo". Io ne ho riso. Ma la definizione mi gira ancora in testa. Questo è il mio eremo. In modi così disparati che la mia amica di un tempo non può nemmeno immaginarseli.

Riemergo dai vapori della doccia rigenerata. Lo specchio appannato rimanda l'immagine indefinita del mio corpo, abbronzato e sodo. È il lavoro fisico quotidiano, penso. Ha scolpito le mie braccia, rassodato le cosce. Sono in forma. Ma senza palestra. Indosso un paio di jeans tagliati al ginocchio, una maglietta senza maniche e un paio di vecchie scarpe da ginnastica. Pettino i capelli, cercando di districare i nodi e li lego in una coda che mi lasci libero il collo.

Quando arrivo sotto il porticato i cani mi corrono incontro. Non mi seguono mai in studio. Temono, credo, lo spazio angusto e la confusione che vi regna. E poi restano in casa solo di notte. Durante la giornata sono sempre a zonzo. Soprattutto in estate. Nel caso di Otello, il vecchietto, è più corretto dire che dormicchia tutto il giorno sotto il portico, godendosi l'aria fresca della stagione. Un paio di settimane fa, ho provato a gonfiargli una piscina, di quelle per bambini. Pensavo che sguazzare nell'acqua durante le ore più calde della giornata gli sarebbe piaciuto. Invece ne era terrorizzato e non ha nemmeno provato a entrarci. Gli altri due non hanno capito lo spirito del gioco e Mac l'ha addentata, rompendola, dopo neanche un paio d'ore. La piccola, Desde, ha nascosto la carcassa della piscina nella sua tana, un buco che ha scavato sotto il porticato.

Mi seguono fino al recinto dei cavalli. Si avvicina per prima la puledra. Scavalco la staccionata, le metto la capezza e, aprendo lo steccato, la porto nel tondino. La faccio correre un po'. «Domani ti monto, piccolina» le prometto. Le faccio la doccia e le pulisco i piedi, poi la libero di nuovo nel paddock. A Valrob, il vecchietto, allungo una mela e una dose di coccole. Sello invece la palomina, anche se sono ormai le sette di sera. Monto in sella, una vecchia western che ho ereditato da uno zio, e prendo il sentiero che porta al torrente. Mac e Desde mi precedono, infrattandosi qui e là nei cespugli e rincorrendo chissà quale invisibile preda. L'andatura comoda della cavallina è l'ideale per rilassarsi e, per preziosi istanti, dimentico il lavoro lasciato incompiuto. La schiena, provata da troppe ore trascorse al computer, mi duole un po' anche adesso, ma cerco di rilassare le spalle. La cavalla prosegue senza la mia guida fino al bivio. Se svoltiamo a destra, scendiamo verso il torrente e imbocchiamo una stradina che ci riporta a casa. Svoltando a sinistra invece saliamo verso un prato, adatto per una bella galoppata. Da lì poi un sentierino nei boschi mi riporta in direzione di casa, passando davanti al centro ippico Il Granaio. Lascio scegliere ai cani, che si dirigono a destra verso il torrente. La cavalla risponde docile al mio comando. Quando raggiungiamo i cani, i due sono già bagnati fradici. Di regola mi fermerei un po' qui, ma stasera è davvero troppo tardi, quindi proseguo direttamente fino a casa. Il sole sta tramontando e dopo una bella spazzolata, lascio Dream al paddock con gli altri due. Controllo che abbiano acqua e porto loro la cena. Poi è la volta dei cani. Li sorveglio per essere sicura che Mac non faccia il prepotente con gli altri due e rubi le loro porzioni. Quando rientriamo in casa tutti e quattro, il cielo è tinto di rosso, ma il sole si è già tuffato oltre l'orizzonte. I cani salgono al primo piano. Me li immagino accomodarsi sui divani e sul tappeto, mentre io mi richiudo in studio a terminare, spero, la mia opera.

2.

Mi sveglia un raggio di sole, dritto negli occhi. Mi lamento e tento di girare la testa. Una fitta lancinante mi blocca. Ora sono completamente sveglia. E dolorante. Mi sono addormentata con la testa sulla scrivania. Il computer è in stand-by e sul momento non mi ricordo nemmeno se ho terminato la proposta per le tazzine. Il che mi fa venire in mente che mi ci vorrebbe proprio un caffè. Metto in fila un passo alla volta lungo la scala a chiocciola, mentre cerco di massaggiarmi il collo dolorante. Il mio arrivo in soggiorno è salutato da feste, uggiolii e scodinzolii vari. Accendo la macchina del caffè e nell'attesa che si scaldi, scendo al piano terra e libero i cani. Mac si precipita a razzo fuori in giardino, seguito da Desde. Otello scende con più calma. Lascio la porta d'ingresso aperta e torno a farmi il caffè. Mi gusto la prima tazzina e inizio già a sentirmi meglio. La seconda scivola calda in gola e il mio stomaco brontola. Apro la dispensa, dove occhieggiano confezioni di pasta aperte e poco altro. Credo che mi terrò la fame ancora per qualche tempo.

Senza nemmeno cambiarmi esco di casa, diretta ai paddock. I cavalli a quest'ora aspettano il fieno e inoltre devo pulire il truciolo della capannina. Mi accolgono i nitriti dei miei tre equini. Non sono l'unica ad avere fame stamattina. Nonostante il collo incriccato, ormai ho preso la mano con la forca e me la cavo velocemente. All'inizio era la mia peggior nemica. Nonostante i guanti, le mani mi sanguinavano dalle vesciche. Un vero tormento. Eppure in qualche modo il dolore mi stimolava a proseguire. A non abbandonare il mio nuovo progetto di vita ancor prima che iniziasse. Mi ravvio i capelli, appoggio la forca nella carriola ed esco dal paddock, mentre i tre cavalli sono occupati con il fieno. La giornata promette di essere soleggiata e radiosa. L'aria frizzante delle otto del mattino è leggera e profumata. Avendo ultimato il più urgente dei lavori che devo consegnare prima dell'autunno, decido di regalarmi una giornata di pausa. Una vera giornata di vacanza. Innanzitutto doccia e poi colazione in paese, ho davvero fame. Devo anche rifornire la dispensa. Controllo l'orologio nell'ingresso di casa: se non perdo troppo tempo, posso cavarmela in un'oretta e mezza, circa, ed essere di ritorno per le dieci.

Il bar del paesino più vicino a casa mia è proprio a bordo della provinciale. Parcheggio la jeep tra vecchie biciclette arrugginite e Ape Piaggio che hanno visto giorni migliori. Scelgo sempre questo posto, nonostante il cappuccino e la brioche siano appena commestibili, per la clientela. Nessun turista, nessuna famigliola in cerca di relax fra i monti, nessun gruppo di biker con giacche di pelle e ragazze anoressiche con i tacchi al seguito. È un bar di indigeni. Di montanari che bevono un bianchino alle nove del mattino e discutono di politica e sport tutto il giorno. E giocano a carte, ovvio. Il ragazzo dietro il bancone mi fa un cenno. «Cappuccino e brioche, grazie.» Prepara il caffè e il latte, mentre io prendo la brioche. Dà una spruzzata di cacao: non sono loquaci da queste parti, ma riconosco in questo gesto una traccia di simpatia e di accettazione. Gli regalo un sorriso che forse lo incoraggia: «Tutto bene lassù?» «Tutto bene» rispondo. «Il tempo è bello da oggi per tutto il week-end.» Frase di circostanza pura. Pago e sorrido accomiatandomi.

***

Scarico i sacchetti dalla jeep e li porto in casa facendomi strada tra i cani festanti. Sanno che il macellaio mi ha dato qualche osso per loro da spolpare. Lo fa sempre. Desde correrà a seppellirlo lontano dalla casa. Mac divorerà il suo e lo difenderà con le unghie e con i denti. Una volta finito, insidierà quello di Otello, che ormai fa sempre più fatica a sgranocchiare l'osso e, quasi certamente, dopo il primo entusiasmo lo avanzerà. Riordino la spesa nella credenza e nel frigorifero e poi, sul porticato distribuisco gli ossi. Come previsto, Desde scappa via con il suo ben saldo in bocca, Mac e Otello si accomodano sotto il portico a divorare i propri, lanciando l'uno all'altro occhiate colme di sospetto.

Metto sopra i jeans un paio di *chaps* con le frange un po' logori. Poi cambio idea e tolgo i *chaps* e i jeans. Sulla vecchia poltroncina ereditata dalla bisnonna – non so come mai mia mamma abbia lasciato che la portassi via con me – c'è un cumulo di vestiti usati e abbandonati. Sono sicura che sotto tutto ci sia un paio di pantaloni da equitazione, da monta inglese. Un paio di quelli aderenti che vanno usati con gli stivali... che sono... mi guardo intorno... sotto il letto. Scendo di corsa le scale posteriori che danno sul retro della casa e mi portano direttamente nella scuderia, attualmente deserta. Da lì esco nei paddock, non prima però di aver afferrato qualche carota. Valrob, il mio baio più che ventenne, sta mangiando pigramente un po' di fieno. Non vedo la palomina né la puledra. Scavalco quindi la staccionata con una longhina e il mio carico di carote. Valrob alza la testa e mi squadra, ma riprende a mangiucchiare. La puledra mi viene incontro da dietro la capannina al trotto, agitando la testa e chiamando. Si ferma a pochi passi da me e le mostro le carote. Si avvicina, si lascia accarezzare e prendere.

La lego ai due venti sul portico antistante la scuderia: pulisco i piedi, metto il grasso, le do una bella spazzolata. Il pelo lucido e quasi nero sembra una pietra preziosa. Pettino con cura la criniera arruffata e gliela pareggio. È una bella cavalla di quattro anni, alta e potente. Le accarezzo il collo muscoloso e il petto ampio. È bellissima, lo penso ogni giorno. La sello e poi monto. I cani sono troppo presi dai loro ossi per dare retta a me e seguirmi. Ed è un bene, visto che Il Granaio è la felice dimora di una colonia di gatti. Nonostante sia giovane, Shad, la cavalla, non è eccessivamente timorosa. Le lascio le redini sul collo e imbocchiamo lo stesso sentiero che ho fatto ieri sera con Dream. Al bivio, però, invece di andare verso il torrente, ci dirigiamo verso Il Granaio. Quando varchiamo il cancello, non vedo nessuno. Nessuno nel campo ostacoli, nessuno nel campo coperto. Questo è il motivo per cui frequento questo posto rigorosamente di mattina e mai nei weekend. Si può lavorare con calma e concentrazione. Scaldo Shady al trotto, poi un po' di galoppo. La cavalla si scalda e tenta di prendere la mano e accelerare. Litighiamo per qualche istante. La fermo, alt e due passi indietro. Chiedo una partenza al galoppo e la cavalla parte sgroppando. Faccio due giri del campo al galoppo, poi la fermo di nuovo e ripeto l'esercizio. Ancora sgroppate verso il cielo. Pazienza, mi dico. Ripeto l'esercizio fino a che la partenza al galoppo risulta armoniosa e facile. Allora l'accarezzo e la lodo piano. Le lascio allungare il collo fino a sfiorare con il naso per terra. In questo modo rilassa i muscoli e riprende fiato. Dei passi e una voce: «Chi si vede... è un po' che non ti fai viva.» Sorrido al ragazzo che si avvicina e si siede a cavalcioni della cavallerizza. «Impegnata in questi giorni, sai com'è» rimango evasiva. Gentile, sì, ma un po' distante. «Pensavo di fare un salto su da te per assicurarmi che andasse tutto bene. Ci pensavo proprio stamattina.» Poi guarda la cavalla. «Viene su bella. E che caratterino. Vuoi che ti faccia fare due salti?» «Non oggi grazie. Visto che questa settimana l'ho mossa solo in tondino vorrei lavorarla un paio di giorni in piano prima di saltare.» Annuisce. «Ti va un caffè? O qualcosa di fresco da bere?» Il sorriso sotto la visiera del cappellino diventa più largo e capisco di non poter dire di no. «Mi andrebbe proprio, veramente» e smonto. Mi aiuta a dissellare la cavalla e a lasciarla libera in uno dei suoi paddock vuoti. Mentre lo seguo verso la clubhouse, penso che è una brava persona. Un uomo gentile che ha riconosciuto in me una naufraga, esattamente come lui. Un matrimonio fallito alle spalle e due figli piccoli che vede soltanto nei weekend che l'ex moglie gli concede. «Questo fine settimana pare che sia bello. Vengono a trovarti i bambini, Max?» Tento di fare un po' di conversazione. Scuote la testa. «Non questo sabato» sospira «forse il prossimo. Però, la cosa positiva è che quando finirà la scuola rimarranno qui alcune settimane. Un tè freddo?» «Alla pesca grazie.» Ci sediamo sulla panca di legno fuori al sole. «Mia mamma è ovviamente in fibrillazione. A volte...» lascia che la frase si perda. Sono imbarazzata per aver toccato con lui un argomento così personale. Non so come mi sia venuto in mente. Cerco alla svelta qualcosa per alleggerire la tensione. «Il puledrino come sta?» alza il viso e vedo il suo sorriso allargarsi. «È una peste tremenda, sai? Ho dovuto elettrificare la recinzione perché è scappato in ogni modo possibile e immaginabile.» Sorrido anch'io, pensando a quant'era carino il piccolino a due, poi venti poi quaranta giorni. Ora è un po' che non lo vedo. Sembra che Max mi legga nel pensiero perché mi propone: «Ti va di fare due passi fino a là?» indica un punto boscoso oltre il torrente che taglia a metà la sua proprietà. «Così vedi com'è cresciuto.» Do un'occhiata veloce, ma significativa all'orologio e dico: «Facciamo domani o dopo? Oggi è tardi e...» «Facciamo domani allora non preoccuparti» si alza dalla panca. «Vado a controllare il mio valido uomo di scuderia.» Rido, so che è una battuta. Non ha nessun uomo di scuderia, solo un ragazzo che gli rifà i box per pochi soldi. «A domani allora, e grazie per il tè.» Mi allontano. Mi volto ancora un secondo, in tempo per vedere Max entrare in scuderia, le spalle un po' chine, il solito berretto in testa. Per un attimo provo l'impulso di richiamarlo e dirgli "andiamo a vedere il puledro, dài". Ma sarebbe il gesto di una me che non esiste più. Richiamo Shad, la sello nuovamente e ci dirigiamo al piccolo trotto verso l'eremo.

3.

L'eremo è un posto felice. Quando mi telefona mia mamma, immancabilmente mi domanda: «Ma non ti senti sola?» E forse sono ore che non parlo o almeno che non parlo con qualcuno che mi possa rispondere, ma la mia risposta alla mia preoccupata genitrice è "no". Ogni volta sono assolutamente, completamente, totalmente, sincera. Una volta, scherzando, le ho detto che di notte potresti sentire i sospiri della tua anima. Questa battuta decisamente infausta mi ha fatto guadagnare un'occhiata preoccupata e terrorizzata a un tempo.

Ma non in estate. Con i primi caldi, nel week-end in particolare, il silenzio e la pace sono turbate dai turisti e dai villeggianti. Così le rive del torrente diventano una versione *homemade* di Rimini. Quest'anno sono preparata. Ho dipinto cartelli PROPRIETÀ PRIVATA, VIETATO L'ACCESSO e ATTENTI AL CANE e li ho disseminati un po' ovunque. Non servono a un bel niente. Quindi ho preso l'abitudine di chiudere i cancelli nel finesettimana. Non serve a molto neanche questo perché non si tratta di cancelli alti. Anzi non sono veri e propri cancelli. Sono staccionate imbiancate che delimitano i confini della mia proprietà. Inizia a farsi strada in me una certa rassegnazione.

È per questo motivo che non alzo la testa quando Mac inizia ad abbaiare, seguito a ruota da Desde. Otello e io stiamo schiacciando un pisolino. Lui, nella sua cesta, io sull'amaca. Saranno forse le tre del pomeriggio di sabato. Ho passato la mattina a ripulire casa da cima (beh, non esattamente non ho messo mano alla soffitta) fino al fondo, ovvero lo studio. Ho la schiena a pezzi ma sono terribilmente fiera del mio risultato. È un'abitudine inculcatami da mia madre quella di pulire e riordinare di sabato. Diciamo almeno di sabato. Dopo la sfacchinata mi merito un po' di riposo. Spero vivamente che l'intruso o gli intrusi abbiano paura dei cani e ci lascino in pace. Invece niente. Il concerto di latrati prosegue fino al portico e una voce maschile dice "ciao". Continuo a tenere gli occhi chiusi: «Ciao. Il maneggio è più in basso sulla strada. No, non faccio passeggiate. No, non potete vedere i cavalli. Ciao.» Sono odiosa. Mi ci impegno anche. Aspetto alcuni secondi, certa di sentire i passi allontanarsi. «Ciao Otello.» Ecco, questa è una cosa che di solito non succede. Cerco di associare nella mia testa un volto alla voce. Per essere pronta. Per sapere cosa dire e cosa fare. Ma non trovo corrispondenza nei miei ricordi. Apro gli occhi e vedo Lello fare le feste a... non ci posso credere. Butto giù i piedi dall'amaca e resto a guardare Tommaso giocare con i miei cani. Forse è la sorpresa, ma non mi sento minacciata o in ansia, come invece mi sarei aspettata. Resto in silenzio, però, perché non ho molte parole. Anzi per la verità, non ne ho nessuna. Si volta e mi inchioda con quel sorriso obliquo che ricordo bene: «Sorpresa!» Gli sorrido di rimando, ma nervosamente stringo le mani fra di loro. «Molto sorpresa, lo ammetto. Cosa ti porta da queste parti?» Involontariamente il mio tono assume una colorazione leggermente ostile del tipo "cosa vuoi?". Devo dire che se anche coglie la nota poco amichevole, ci passa sopra con delicatezza: «Curiosità. L'altro giorno Elena raccontava di qui e così ho pensato di fare un giro.» Inarco un sopracciglio: è vero che da Milano ci sono poco più di sessanta chilometri ed è vero che a parte l'ultimo tratto la strada è facile e larga e piacevole. Questo spiega in effetti il perché degli assalti di orde di turisti. Ma nonostante tutto, la curiosità non mi sembra un motivo sufficiente per lasciare il maneggio, le lezioni e il resto. Di sabato pomeriggio, oltretutto. Tommaso è stato il mio ultimo istruttore di equitazione. Ho imparato molto da lui, gli devo molto. E lo conosco abbastanza bene da sapere che non ha fatto la strada per niente. Sotto il mio sguardo interlocutorio, ride piano e aggiunge: «Ok, non sono venuto qui solo per fare un giro. Ma prima di parlarne, perché non mi mostri l'eremo?» Si corregge subito: «Scusa, la casa e il resto...» È imbarazzato, ma gli vengo in aiuto. «Non ti preoccupare: eremo è un'ottima definizione.» Sono combattuta tra il desiderio di sapere a cosa miri e la rabbia di essere stata stanata. Di essere obbligata a passare delle ore con una persona che mi conosce. Ma so di non aver scelta a meno di non essere terribilmente maleducata e io non ne sono capace. «Vieni. Ti va di bere qualcosa?»

Mi segue su per i gradini che dall'ingresso portano al primo piano. Non l'ho fatto entrare in studio, ho solo indicato la porta chiusa dicendo: «Lì è dove lavoro.» La prima porta è il soggiorno con cucina a vista. «Accomodati, un caffè allora?» e nel dirlo accendo la macchina. La stanza è ampia e ha una vetrata ad angolo sulla destra che dà sui paddock e sui prati che digradano lievi fino al torrente. Vedo che apprezza la vista e inizio a spiegare. «Al piano terra il casolare è stato diviso a metà: da una parte ho tenuto e ristrutturato una fila di box e dall'altra, la parte da cui siamo entrati, ho fatto alcune modifiche. Ho eliminato i box e ho creato l'ingresso, lo studio e la scala a chiocciola che abbiamo appena fatto. Invece il primo piano è la mia abitazione e sopra c'è la soffitta.» A ben pensarci, è una fortuna che sia capitato qui oggi. Solo poche ore fa, avrebbe inciampato in giornali vecchi e giochi per cani. Si guarda intorno con interesse, ammira il camino che domina la stanza e si lascia cadere su un divano. Vedo i suoi occhi indugiare sull'ingrandimento in bianco e nero che campeggia sul camino. Fingo di non aver notato il suo interesse. Non voglio raccontargli del giorno in cui ho fatto quella foto. Sono ricordi personali. Dico solo: «L'ho fatta io. Questo posto era così quando l'ho comprato. Un bel cambiamento, no?» Tengo ostinatamente gli occhi fissi sulla macchinetta del caffè, perché non veda le emozioni che so trasparire dai miei occhi. Il caffè è pronto e lui mi raggiunge al bancone della cucina. Lo studio, con la tazzina in mano e gli occhi neri che vagano per la stanza e si posano su di me. È un bell'uomo, capelli corti e occhi neri. Lo ha sempre saputo. Siamo stati amici in passato e forse in alcuni momenti avremmo potuto essere anche qualcosa di più. Ma non è mai stato il momento giusto, credo. E poi, ero la migliore amica di Elena, la fidanzata di suo fratello Roberto. Questo ha sempre tracciato una linea sottile, ma stranamente invalicabile. Come far parte della squadra avversaria. E, comunque, all'epoca, eravamo entrambi impegnati. Questo mi fa venire in mente qualcosa: «A casa tutto bene? I tuoi? Martina?» Sembra riscuotersi da chissà quale pensiero: «Tutti bene. Elena e Robi ti salutano. Martina... ci siamo lasciati diversi mesi fa.» «Mi dispiace. Cioè voglio dire...» mi impappino con le parole, ma lui sorride: «Non preoccuparti. Sono single, sì, ma devo dire che non mi dispiace affatto. Anzi è abbastanza divertente.» Faccio un sorriso di circostanza e penso: "Idiota". Terminiamo il giro della casa e poi gli mostro la scuderia, con i suoi quattro box, vuoti per tutta l'estate. Insiste per vedere i cavalli e si fa prestare un paio di stivali di gomma per entrare nel paddock. Riconosce Valrob e naturalmente s'innamora di Shad. «Bella cavalla davvero. Salta?» I suoi occhi hanno un luccichio che non mi piace. «Salticchia. Ha potenzialità, penso. Ed è bella no?» Mi guarda pensieroso: «Scommetto che non ci pensi proprio a venderla.» «Assolutamente. No. Non se ne parla.» Si siede sulla cavallerizza mentre la giovane cavalla si esibisce in un meraviglioso trotto fino oltre la capannina. «Ovviamente la venderei bene. Voglio dire, ne vale di soldi.» Sospiro. «Non voglio insistere, ma potresti pensarci no?» «Potrei, ma non vedo perché dovrei. L'ho comprata appena domata. Tutto quello che sa fare gliel'ho insegnato io.» Non aggiungo che è parte di me, di questo posto. Non sono cose che un cavaliere possa capire. «Ma ha un valore no? Se la vendi. Mentre se la tieni qui...» I suoi occhi indugiano pensierosi sul rustico che sorge oltre i paddock al limitare del bosco. È il confine orientale della mia proprietà. So bene a cosa pensa. Con i soldi della cavalla potrei ristrutturarlo e magari venderlo oppure... taglio corto: «Shady non è in vendita.

Tutto qui.» «Per certi versi, sei sempre la stessa» e so che pensa che invece per molti altri sono terribilmente cambiata. Il suo sguardo mi mette a disagio, sembra fare delle domande a cui non intendo rispondere. Per esempio, cosa ci fa la più giovane designer di un importantissimo studio di Milano, con una brillante carriera di fronte a sé, a disegnare tazzine e a spalare letame? Sposto il fuoco in campo nemico e gli punto addosso gli occhi. Si muove a disagio sulla cavallerizza, ma non accenna a intraprendere il discorso e a svelarmi così il vero motivo di questa visita. Si limita a sostenere il mio sguardo con insolita intensità. A ben pensarci la situazione potrebbe essere discretamente imbarazzante. Lui e io, qui da soli. Prima che questo pensiero ramingo si cristallizzi in certezza, distoglie lo sguardo e si schiarisce la voce. «C'è una mia cliente» fa una pausa e non posso impedirmi di pensare che forse non è solo una cliente «che ha un cavallo.» «Logicamente» osservo. Ride brevemente. «Il fatto è che le ho fatto provare un cavallo, un buon cavallo da salto.» Annuisco come se capissi, mentre in realtà non vedo io cosa c'entri. «Le piace e vorrebbe comprarlo. Ma prima...» altra pausa. Non possiamo arrivare al punto?, mi chiedo. Mi agito con evidente insofferenza sulla cavallerizza. Ho passato due ore con lui in giro per la mia proprietà. Ho sostenuto una conversazione urbana, ho sorriso. Non sono più abituata a mostrarmi gentile e socievole. Saranno mesi che non uso così tante parole. Le mie conversazioni più lunghe sono con Max, del Granaio. Venti minuti al massimo. E questo è esattamente il motivo per cui ho scelto l'eremo. Prende un sospiro profondo e termina: «Vorrebbe trovare un buon posto per il suo cavallo. Dico quello anziano. Ho chiesto un po' in giro, ma sembra che non ci sia disponibilità immediata. Quindi quando Elena mi ha parlato di qui, io ho pensato...» «Hai pensato che potevo essere la soluzione al tuo problema. E sei venuto a fare un bel sopralluogo.» Alza le mani, i palmi rivolti verso di me, come se volesse difendersi. «Detto così sembra un po'...» Lo interrompo subito: «No, va bene. Voglio dire, ci hai provato. E sarebbe una buona idea se solo... a me non interessa. Mi dispiace. Non voglio gente qui intorno.» «Non devi decidere subito, è ovvio. Pensaci magari.» Poi mi sorride e mi guarda dritto negli occhi: «Pagherebbe una pensione, naturalmente. Non moltissimo, ma qualcosa.» La comprensione che leggo nei suoi occhi mi irrita. Non avrà controllato anche il mio conto in banca, vero? «Posso pensarci, ma non credo che cambierò idea. Come ti ho detto, non voglio avere gente intorno.» «È un bel cavallo. Olandese, bei movimenti. Ti piacerebbe.» Poi cambia repentinamente argomento: «Valrob si gode la sua bella pensione, vero? Stanno fuori tutto l'anno?» «No. D'estate restano fuori giorno e notte, mentre in inverno li lascio al paddock di giorno e li ritiro di notte. Anche se...» «Anche se cosa?» «Anche se quest'anno, visto che la puledra è montabile... non so cosa fare.» Rimaniamo in silenzio alcuni secondi. Poi aggiungo: «Forse Max lo terrebbe.» Al suo sguardo interrogativo spiego: «Giù al maneggio. Ci sei passato davanti venendo qui. Max è il proprietario. Se vuoi, ti ci accompagno.»

4.

Prendiamo la mia jeep. Io di solito vado al Granaio a cavallo, quindi mi limito a seguire i cartelli, come una turista qualunque. Sono stranamente cosciente della presenza dell'uomo al mio fianco. L'abitacolo è spazioso e profuma di cavalli, di fieno e di sole. Mi sembra d'altro canto che i familiari odori di sempre siano sovrastati dal suo profumo di uomo. Gli lancio un'occhiata in tralice. Non sta guardando fuori dal finestrino come pensavo; i suoi occhi sono stranamente puntati sulla mia mano destra appoggiata sul cambio. È abbronzata e sicura sul dorso. Non può vedere, lui, i calli sul palmo e le unghie rotte. «Tutto bene?» chiedo. «Sì, tutto ok. Stavo ammirando il paesaggio.» Alzo lo sguardo e sorrido. Chissà perché non mi ha detto la verità. Fermo l'auto e scendiamo. Il parcheggio è praticamente al completo, ma non me ne stupisco, è sabato. Ci sono bambini, ragazzi, coppie e famiglie. Faccio fatica a riconoscere in questo posto affollato, il maneggio silenzioso e pacifico che frequento durante la settimana. Giriamo per i campi e le scuderie fino a che non intravedo il berretto di Max. Attiro la sua attenzione e sorride nel riconoscermi. Leggo una certa perplessità nel vedermi fuori dall'eremo di sabato, ma è certamente troppo gentile per farmelo notare. Si avvicina e mi chiede: «Tutto bene? Come posso esserti utile?» Gli indico Tommaso, che è rimasto un passo indietro, alle mie spalle: «Veramente non a me. Lui è Tommaso, il mio istruttore. Te ne ho parlato.» Allunga la mano destra e dice: «Piacere, Max. Ale parla molto bene di te.» «È un piacere anche per me.» Sarà la mia immaginazione, ma c'è una certa tensione nell'aria. Se non fosse assurdo per due persone che si sono appena conosciute, direi che si tratta di ostilità. Si avvicina una coppia: lei ha un paio di pantaloni corti e i tacchi, lui la giacca da motociclista. «Mi scusi, volevamo delle informazioni e ci hanno detto di chiedere a lei» dice l'uomo. Intervengo: «Max, mostro a Tommaso i paddock, così intanto tu puoi...» Mi sorride riconoscente: «Grazie. Allora ci vediamo fra un po'. Se volete bere qualcosa, Ale sai dove servirti.» E mi fa l'occhiolino. Leggermente fuori luogo, ma non ci bado troppo. «Vieni Tommi, ti faccio strada.» Ci allontaniamo e allungo un braccio, indicando il sentiero che scende nei boschi. «Scendendo per di lì si arriva a casa mia. Sono sì e no dieci minuti di strada.» «Siete vicinissimi» osserva Tommaso. «Sì, molto comodo. Mi fa usare i suoi campi quando voglio e ogni tanto mi fa fare due salti.» «Gentile da parte sua. D'altra parte...» mi lancia un'occhiata maliziosa. «D'altra parte cosa?» rilancio, punta sul vivo. «D'altra parte si vede che ha un debole per te...» «Non credo proprio. Siamo semplici conoscenti. Niente di più.» Inarca un sopracciglio. Colgo la sua espressione poco convinta e insisto: «Non è affatto come pensi. Ma è inutile che cerchi di spiegartelo. Non capiresti.» Il silenzio che segue è greve di significati. Mi pento di aver insinuato che lui non abbia idea di cosa sia l'amicizia. Voglio dire, come mi permetto io di giudicare? Io che vivo in un eremo e parlo per lo più con cani e cavalli. E poi che ne so io di Tommaso, della sua vita o di Max e dei suoi sentimenti? «Mi dispiace, io...» farfuglio piano. Mi sorride e, stringendomi leggermente una spalla, osserva: «Ne ha di spazio qui» annuisco e continua: «E giudicando dal pienone che ha lì, gli affari non devono andare poi male.» Capisco che mi sta offrendo l'opportunità di cambiare argomento e accetto: «Credo che il maneggio vada bene. Certo, lavora per lo più in estate. In inverno ha qualche cliente e un po' di scuola» mi viene da ridere «e poi forse può iniziare a tenere cavalli in pensione, no?» Torniamo sui nostri passi, lentamente. «Com'è arrivato lui qui?» mi domanda. Sospiro: «Ci è nato» poi aggiungo: «Non so bene tutta la storia, comunque la proprietà è della sua famiglia. Max ha studiato a Milano e ci ha vissuto anche per diverso tempo. Non so molto» insisto su questo punto, inconsciamente. «Comunque quando il suo matrimonio è finito, è tornato qui e ha messo in piedi il maneggio.» «Sembra una brava persona» commenta lui, forse pentito dello screzio di poco prima. «Lo è» affermo. Non do ulteriori spiegazioni, ma penso a tutti i momenti in cui è stato gentile e premuroso con me, anche quando sono di pessimo umore. Ok, questo succede l'ottanta per cento del tempo. Ma si preoccupa sempre se non mi vede per qualche giorno e spesso mi porta le verdure fresche dal suo orto. È amichevole e cordiale e... «Hai preso da lui la palomina?» la sua domanda mi distoglie dalle mie elucubrazioni. «Io... no, Dream l'ho adottata per caso.» «Adottata?» «Sì, beh... ti ho mai parlato di un mio zio che fa *reining*?» scrolla le spalle. «Non importa. Una sua conoscente ha deciso di smettere e non riusciva a vendere la cavalla. Sai, non è molto dotata per il *reining*. Quindi l'ho presa io.» «È carina.» «Molto. Beh, con lei faccio passeggiate e poco altro.» «E l'altra?» formula la domanda con indifferenza, ma qualcosa nello sguardo che mi rivolge mi fa capire che gli interessa. «Shady? Non l'ho presa da Max. Conoscevo la madre.» Un nuovo silenzio. Non so perché ma sono reticente a svelargli come, dove e quando. Non che ci sia granché da nascondere. Solo che il suo manifesto interesse mi turba. Anche se so che nessuna delle sue argomentazioni mi convincerà mai a venderla. Ci salva dal nuovo gelo che sta cadendo fra di noi l'arrivo di Max. Il suo berretto ci viene incontro e la sua voce è allegra e amichevole mentre mi domanda: «Sei andata a vedere la piccola peste?» si riferisce al puledro, al primo puledrino che ha fatto nascere qui. Ne è giustamente orgoglioso e io, tutta presa dalle mie schermaglie con Tommaso, me ne sono completamente dimenticata. Sono terribilmente egoista, mi rendo conto. Gli rivolgo un sorriso vago e cambio argomento: «Non vogliamo farti perdere tempo, c'è un sacco di lavoro che ti aspetta là.» «Il fatto è» interviene Tommaso «che sto cercando un posto che tenga in pensione un cavallo a prato.» Che diplomazia, penso. Max mi guarda e aggiungo: «Sai, voleva che lo tenessi io, ma...»

«Non ti preoccupare, lo posso tenere io.» «A quanto pensavi di pensione?» chiede Tommaso. «Lo vuole in box tutte le notti? Centocinquanta. Se invece vuole che lo lasci sempre a paddock farei cento.» Devo dire che questi cavalieri fanno affari rapidamente. Ed è un bene. Ripenso con desiderio alla mia amaca. I due mi precedono, accordandosi per tutti gli aspetti pratici.

5.

Saliamo in auto. Tommaso sembra soddisfatto della sistemazione per il cavallo della sua cliente. Già, cliente, come no. «Ti offro una pizza?» mi chiede. Guardo l'ora sul cruscotto. Effettivamente sono già le sette passate. Il pomeriggio è proprio volato. Il mio pomeriggio di relax. Sarà da egoisti, ma non posso fare a meno di rimpiangerlo. Cerco una buona scusa per rifiutare la pizza, ma non mi viene in mente niente. Mi rassegno: «Se ti va possiamo cenare da me. Ho delle bistecche e posso fare due spaghetti. Sai qui intorno non c'è molto. Almeno non fino a giù.» E per "giù" intendo in paese. «Mi sembra un'ottima idea.» Sospiro. Almeno gioco in casa. Parcheggio e scendiamo dall'auto. I cani ci riempiono di feste e baci volanti. «Perché non ti fermi qui un po'?» gli indico il portico: c'è un tavolo con delle sedie e sull'angolo la mia amata amaca. «Io intanto avvio la cena.» Salgo le scale di corsa, metto in frigorifero una bottiglia di vino che mi ha portato mia mamma l'ultima volta che è stata qui. Mi ricordo che mi ha detto che ne ordina a casse insieme all'olio e non so a che altro. Spero che sia buono. Apro, poi, la dispensa e decido il menu. Bruschette con il pomodoro, spaghetti sempre al pomodoro e due bistecche, con l'insalata. Mentre lavo i pomodori, mi viene da ridere: me li ha lasciati Max l'altro giorno, appesi alla cassetta della posta. E anche l'insalata. Ripenso all'occhiolino che mi ha fatto anche nel salutarci. Come se volesse far intendere che non siamo solo buoni vicini. Forse Tommaso non ha proprio tutti i torti. Scaldo il forno, affetto il pane, metto su l'acqua per la pasta. Scendo con la tovaglia, i piatti, i bicchieri e le posate in precario equilibrio. «Ti va di mangiare sotto il portico?» gli chiedo. Sta ancora giocando con i cani. Lancia una pallina a Mac e Desde gli sta seduta in braccio, godendosi le coccole. «È perfetto, posso darti una mano?» Lo fermo, prima che possa alzarsi. «Stai pure qui con loro, è tutto sotto controllo.» Il cielo si sta tingendo di rosso e si è alzato un venticello fresco. Una serata magnifica, penso. In breve la cena è servita. Accendo la luce sotto il portico e iniziamo a mangiare. Non sono una gran cuoca e in questo ultimo anno poi ho cucinato raramente. Eppure Tommaso sembra gradire la cena improvvisata e mangia con appetito. Parliamo dei vecchi tempi, delle nostre conoscenze in comune. Ridiamo di episodi passati e il vino fresco rende l'atmosfera rilassata e priva delle tensioni che hanno acceso il pomeriggio. «Ho mangiato tantissimo. Tutto buono, davvero» si appoggia allo schienale e mi guarda intensamente dall'altra parte del tavolo. «Grazie, ma non ci vuole un genio per fare un po' di pasta e...» «E così siamo qui. Devo dire, non mi aspettavo un posto così bello. Inizio a capire il perché di questa svolta.» Il fatto che si avvicini a considerazioni così personali mi mette a disagio. Mi agito sulla seggiola e non rispondo. «Anche se» riprende «so benissimo che ci sono delle motivazioni profonde. Mi chiedo solo se non ti senti sola qui.» Scuoto la testa: «No, perché dovrei? Sto bene, sono... serena.» «Non ti mancano mai i vecchi tempi? Gli amici, Elena?» Non ho risposte a queste domande, quantomeno non risposte facili. E per la verità non mi va di parlarne. Frugo nella mente alla ricerca di una buona battuta per alleggerire l'atmosfera e distoglierlo da argomenti seri, ma non mi viene niente. «Non mi va di parlarne, ok?» e mi alzo raccogliendo piatti e posate. Si alza anche lui, "ti do una mano", e come in un film di bassa lega le nostre mani si incontrano sopra lo stesso bicchiere. Rimaniamo alcuni secondi così, la mano di lui stretta sulla mia. Tengo gli occhi bassi. È una situazione che non sono pronta ad affrontare. Avverto il calore della sua pelle sulla mia. Lo avverto profondamente e sembra farmi male. Forse intuisce il mio disagio. «È meglio che vada» dice. «Sì è meglio. Io... voglio dire... vai piano ok?» «Certo, grazie di tutto sei stata preziosa. Ci sentiamo, d'accordo?» «D'accordo.» E rimango a guardarlo allontanarsi nel buio, circondato dai miei cani che lo accompagnano fino all'auto. Mi chiedo come abbia capito il panico che mi ha sommerso. Mi chiedo quando guarirò. E non ho risposte, mi rimangono solo piatti da lavare.

6.

Ogni nuovo giorno all'eremo è un nuovo inizio. Almeno questa è la sensazione quando mi sveglio al mattino e guardo fuori dalla finestra. L'erba è più verde di ieri, il cielo più azzurro, io sono più viva. E per una sorta di reazione alla visita di Tommaso, al carico di ricordi e di dubbi e di incertezze che ha lasciato qui, tutto mi sembra più bello. E più mio. Così salto fuori dal letto anche stamattina di buon'ora e do il fieno ai cavalli. Mac mi segue tutto impettito, mentre Otello rimane sul portico. Ormai mi segue sempre meno. Mi aspetta a casa. Desde, invece, ha paura degli equini e non si azzarda a entrare nei paddock. Stamattina addirittura canticchio, armata di forca e carriola mentre ripulisco la capannina. I cani mi seguono fino alla soglia di casa e poi corrono a giocare. Io invece salgo a fare colazione e mi vesto. Scelgo anche oggi un paio di calzoni da monta inglese e una maglietta dal mucchio delle cose da stirare. Che più propriamente è il mucchio delle robe che ho lavato e non stirerò mai. Sento una fitta di senso di colpa nel pensare al lavoro che lascio in arretrato, ma in realtà non mi sento... ispirata. Essere free lance, cerco di autoconvincermi, significa lavorare secondo i propri ritmi. Il mio ritmo oggi è far fare due salti alla mia puledra. Sono certa che sarà un'esperienza che darà nuovo slancio alla mia creatività. Sull'onda di questi ragionamenti, pulisco e sello Shady e imbocco la strada più breve per Il Granaio. Non vedo Max da quando sono stata in maneggio con Tommaso. Ieri ho montato nel suo campo scoperto, ma di lui nessuna traccia. Se non fosse Max, penserei che mi evita. Non solo, però, non è un comportamento che gli si addica, ma oltretutto non ne vedo nemmeno il motivo. In fondo gli ho procurato un nuovo cliente. La cavalla cammina con il suo consueto passo elastico. Anche Valrob era così, quando era ancora in attività. È stato un ottimo amico per tanti anni, così serio, affettuoso, affidabile. Ero una ragazzina con poco buonsenso, quando l'ho comprato. Ma Tommaso mi aveva detto che era un buon cavallo per imparare e così è stato. È a quell'epoca che Elena è diventata la mia migliore amica. Eravamo inseparabili e se non ci confidavamo tutto era perché non era necessario: capivamo l'altra istintivamente, condividevamo i pensieri come se fossimo state in simbiosi. Tutta colpa di Tommaso e delle sue domande inopportune, però. Se non fosse per lui, ora non rimuginerei sul passato come una nonna.

Varco il cancello sempre aperto del maneggio ed entro nel campo ostacoli. Scaldo Shady con un po' di trotto e un po' di galoppo alle due mani, guardandomi in giro nella speranza di vedere il berretto di Max. Poco dopo lo vedo sbucare dalla clubhouse con il cellulare all'orecchio. Gli faccio un cenno con una mano e lui mi risponde di rimando, avvicinandosi. È intento ad ascoltare e si appoggia alla cavallerizza con fare distratto. Passeggio per il campo, in attesa che riattacchi. Mi fa cenno di avvicinarmi: «Sì, guarda è proprio qui, se vuoi te la passo» pausa di silenzio «ok te la saluto. D'accordo, ciao.» Si rivolge a me: «In attività di buon mattino, eh?» «Già, stamattina mi sono alzata presto e speravo che avessi dieci minuti per farmi fare due saltini con la ragazza» e do una pacca sul bel collo di Shad. «Volentieri» e scavalca la staccionata. Mette una crocetta, poi un verticale e alza gradualmente. La cavalla salta con entusiasmo, forse anche troppo. Quando inquadra il salto, mi prende la mano e accelera verso il salto. Ancora una volta, mi ritrovo a pensare che ha davvero del talento. Poco sopra il metro, dico a Max che va bene così. Trottiamo a redini lunghe per riprendere fiato e poi, aiutata da Max, la dissello e la libero in un paddock vuoto. «Andiamo a vedere il puledro?» mi chiede. Non posso esimermi. Camminiamo a fianco, in silenzio. «Cosa ne pensi di Shad?» «È migliorata» osserva «ma se vuoi un consiglio» fa una pausa «io la farei saltare più spesso.» «Hai ragione, la devo lavorare con più costanza» pausa «infatti pensavo di chiederti un box per questo inverno.» «È un'idea» poi sospira «a meno che tu non la venda prima.» «Non ho nessuna intenzione di venderla. Cosa te lo fa pensare?» «Beh la visita del tuo istruttore.» «Ha chiesto anche a te della cavalla?» «Già. Per questo ho pensato...» «Non è così.» Rimaniamo in silenzio. Dopo qualche minuto, apre un cancelletto ed entriamo in un paddock. Il puledro ci galoppa incontro. La mamma nitrisce forte, richiamandolo indietro. Rimaniamo seduti a guardare il piccolo correre e giocare. «È bellissimo» dico. «Vero?» e aggiunge «scusa, non sono affari miei.» «No scusa tu. Tu sei così gentile e io sempre scorbutica.» «Ma non sempre» ride «spesso ma non sempre.» «Devo essere una vicina insopportabile.» Mi guarda negli occhi: «Difficile. Solo difficile. Ma questo non è necessariamente un difetto.» L'intensità del suo sguardo mi mette a disagio. Ripenso alle osservazioni di Tommaso e, troppo tardi, mi rendo conto che aveva ragione. «Lo conosci da molto?» mi domanda a bruciapelo. «Tommaso? Beh sì» mi guarda, aspettandosi ulteriori dettagli, così continuo «montavo con lui da ragazzina. Quando ho comprato Valrob. Poi ha litigato con suo padre, ha affittato dei box non so dove e se n'è andato. Quando suo padre ha comprato un centro in Sardegna e si è trasferito là, la pecorella è tornata all'ovile. Questo è successo un paio d'anni fa.» «Sembravate... come dire, in confidenza.» Bravo, Max, bel tentativo. Riprova e sarai più fortunato. «Oddio è tardissimo» esclamo «devo scappare» e con un sorriso, salto giù dalla cavallerizza e mi allontano sulla stradina. In fondo, mi giro a fargli ciao con la mano. Si tocca la visiera del berretto in risposta.

7.

Affondo lentamente. Ho spento la televisione. Dalle vetrate entra la luce del crepuscolo. Dorata, poi rossa e infine tendente al viola. L'abbraccio del divano è rassicurante, pieno, insostituibile. La mente vuota gode soltanto della pace, del silenzio, del profilo delle montagne in lontananza. Mi nutro della magia dell'eremo, che guarisce le ferite dell'anima. Non ho bisogno di guardarmi intorno per vedere la stanza baciata dal sole morente. La conosco a memoria, con la familiarità dell'amore. La cucina, i mobili vecchi e robusti in legno, il camino, la libreria. Tutto ciò che ho scelto con dedizione. I segni della mia vita quotidiana sono sparsi ovunque: le riviste sul tavolino accanto alla tivù, una felpa abbandonata sulla poltrona, i piatti nel lavandino, un paio di scarpe scalciate sul tappeto. Come calamitati, i miei occhi si soffermano sulla foto in bianco e nero sopra il camino. Ho scelto dopo lunghi tentennamenti una cornice in noce, semplicissima, che fa il paio con la semplicità della scena ritratta. Chiudo gli occhi. Non vedo più la foto, ma la scena reale. Il ricordo di quel giorno è ancora vivo in me, a colori. Faceva un freddo ineguagliabile. Avevo vagato in macchina per ore e ore a caccia di un'infanzia felice che, pensavo, avrebbe dovuto lasciare un segno sulla terra, sulle piante, sulle case, sui volti delle persone, sui fianchi delle montagne. Poi mi ero arresa. Avevo accostato in un punto imprecisato e imprecisabile in quella distesa bianca ed ero rimasta lì, immobile, la testa sul volante. Dentro di me, lottava per emergere la consapevolezza che il passato è passato e tale purtroppo rimane. Ma non ero pronta a dargliela vinta. Quando il freddo aveva iniziato ad aggredirmi, mi ero riscossa e, raddrizzandomi, avevo fatto per accendere l'auto e in quel momento avevo scorto qualcosa interrompere la bianca monotonia delle neve. Così, incuriosita, avevo camminato e camminato, le mie scarpe da ginnastica sul ghiaccio e le dita doloranti dal freddo, fino al casolare. Visto da vicino non era un bello spettacolo: il portico sfondato, il tetto pericolante e l'aria di generale abbandono avrebbero scoraggiato chiunque. Mi ero fatta strada nella neve lungo tutto il perimetro, avevo accarezzato le pietre. Ero rimasta lì, seduta sulle assi marce del portico, la schiena appoggiata al muro a guardare gli alberi carichi di neve e il rustico diroccato poco oltre. Credo di aver immediatamente sentito un'affinità con quel posto, dimenticato, abbandonato. Ho desiderato di esserne parte, di ricostruirlo. Tornavo a passi lenti verso l'auto quando questo pensiero è diventato certezza nella mente. Così dal bagagliaio ho tratto la fotocamera da cui mi separo di rado e sono tornata indietro. Ho fatto diversi scatti e sono tornata sui miei passi con una nuova, bruciante determinazione.

Ho dato fondo ai miei risparmi e alla mia eredità per comprare, ma soprattutto ristrutturare questo posto. Eppure nel rimetterlo in piedi, io più che altro ho ricostruito me stessa.

Desde con un balzo salta sul divano e mi si accoccola contro. Dopo pochi secondi dorme pacifica e il suo respiro calmo contro di me è consolatorio e rasserenante. Rimaniamo così, per non so quanto tempo, mentre il buio invade la stanza.

Riemergo a fatica dal sonno. Ho il viso bagnato di lacrime e rabbrividisco leggermente dal freddo. Mi alzo e senza accendere la luce mi dirigo in camera da letto. I cani mi seguono e ognuno trova la sua posizione. Nel buio, rievoco il sogno. Non ricordo le parole, ma il tono sì. Allegro, pieno di speranza. Il sorriso di mio padre è perfino più familiare di come lo ricordo da sveglia. Nel sogno, so perfettamente che siamo qui, insieme e felici. Mi succede spesso di sognarlo e ogni volta rimango turbata e commossa. Ma so che sto guarendo. Lo so perché di recente al risveglio non avverto più quel senso di smarrimento. Quella voglia di riaddormentarmi per rivederlo. Quel desiderio di non svegliarmi più. Quando mi sveglio, ora, so di essere a casa.

Dopo poco, avvolta nel lenzuolo, mi addormento. Serena.

8.

È una giornata soleggiata e insolitamente calda, nonostante siano solo le otto e trenta del mattino. Sello la palomina e chiamo con un fischio i cani. Mac e Desde sbucano da luoghi diversi: il maschio mi trotterella incontro con calma, il bel pelo nero lucido nella luce mattutina. La piccolina, invece, corre con le orecchie al vento e il morbido pelo lungo svolazzante. Anche Otello, a sorpresa, abbandona la sua postazione sotto il portico e si accoda al piccolo gruppo dei gitanti. Ci allontaniamo al passo lungo il sentiero, la cavalla davanti e i tre cani dietro. Otello passeggia tranquillo dietro i piedi della cavalla, mentre gli altri due corrono a destra e a sinistra. Si infrattano nei cespugli a caccia di prede di ogni genere, da un legnetto particolarmente attraente agli uccellini che nidificano qui e là e che di certo non hanno alcuna intenzione di farsi catturare dai miei due segugi. Il sentiero si inerpica sul fianco della montagna. L'aria diventa più pura e profumata. I prati cedono il passo ai boschi e la cavalla pone più attenzione a dove mette i piedi, per non inciampare nelle radici che si possono nascondere sotto il letto di foglie. I miei pensieri sono freschi come l'aria di montagna. Non ho bisogno di preoccuparmi di cosa mi aspetta domani o dopo o tra una settimana. La mia vita scorre placida e confortante, ripetitiva e rassicurante. Quindi gli unici dettagli che occupano la mia mente sono il prossimo ordine di fieno e la telefonata settimanale a mia mamma. Mi sembra così lontana la mia vecchia vita a Milano. I ritmi forsennati, il tempo sempre insufficiente. I colori, gli odori, la frenesia di un'esistenza vissuta a passo di corsa. Per questo limito il più possibile le mie visite in città, sia per motivi di lavoro che per esigenze familiari. La cavalla in alcuni punti rallenta e i cani ci superano. Tranne Otello, che pur non manifestando segni di stanchezza, si mantiene fedelmente dietro l'equino. Il sole accarezza le cime degli alberi e raggiunge le mie braccia solo saltuariamente. I due cani davanti corrono via a razzo verso la radura che si intravede alla fine del sentiero. L'eccitazione dei due più giovani contagia anche Otello che si affianca alla cavalla e mi guarda, scodinzolando. Gli sorrido di rimando e con un gesto gli faccio capire che può andare anche lui. Mi supera, trotterellando allegro, e non posso impedirmi di notare che si muove con poca elasticità ed è probabilmente un po' zoppo a sinistra. Sono gli acciacchi dell'età e soffoco dentro di me la preoccupazione naturale suscitata da questo pensiero.

Otello è con me da quando aveva due mesi e sono passati ormai dieci anni. La nostra è un'amicizia di lungo corso. Dopo pochi secondi, riemergo dal bosco e lo vedo nuotare felice. Gioca con gli altri due come un cucciolo e mi dimentico dei pensieri di poco prima. Faccio bere e brucare un po' Dream e poi la lego a un albero, avendo cura di lasciarle abbastanza longia perché possa abbassare la testa e mangiucchiare qui e là senza pericolo.

Mi tolgo poi le scarpe e arrotolo i jeans fino alle ginocchia ed entro in acqua a giocare con i cani.

Solo quando siamo fradici e stanchi, Otello e io ci sdraiamo nell'erba fresca. Spalanco le braccia al sole e lascio che i suoi raggi mi asciughino. Ho persino i capelli bagnati. Non ci sono rumori, oltre al respiro del vecchio labrador, il masticare della palomina e il canto del torrente. Sento le palpebre farsi pesanti. Mi riscuoto prima di cadere addormentata. Monto in sella e ci allontaniamo al trotto. Mac e Desde, richiamati dal rumore di zoccoli, si accodano. Il sentiero ci porta in prossimità del Granaio e faccio una breve deviazione per questioni di buon vicinato. Ieri pomeriggio ho trovato sulla soglia di casa dell'insalata, dei pomodori e delle pesche. Così mi fermo per salutare e ringraziare Max. I due cani più giovani proseguono lungo il sentiero e sono sicura che torneranno a casa, dopo aver concluso la loro caccia.

La prima cosa che vedo appena varcato il cancello è un piccolo trailer bianco che ostruisce il passaggio. È con pochi secondi di ritardo che il mio cervello registra i segnali e capisce cosa sta accadendo. Tommaso ha portato il cavallo pensionato della sua cliente, che deve essere quella ragazza con i jeans attillati e gli stivali con il tacco. Max agita un braccio e mi saluta e questo spezza definitivamente le mie speranze di non essere stata notata. L'impulso di defilarmi è prepotente, ma mi avvicino. La ragazza, con una sfavillante chioma rosso tinta, veste Tommaso come una borsetta e non perde occasione per rivolgergli sorrisi smaglianti. Ovviamente non posso essere obiettiva, non, almeno, quando mi vedo con i suoi occhi. Jeans vecchi e infangati, maglietta sformata e capelli visibilmente sconvolti. Raddrizzo le spalle e sorrido. Smonto di sella e rivolgo un ciao generico, a voce e con gesto. Tommaso mi sorride e procede con le presentazioni. La rossa mi indirizza un sorrisino stiracchiato. «Siamo passati a trovarti, prima, ma non c'eri» continua Tommi «sai qualcuno è ansioso di vederti» e al mio sguardo perplesso risponde indicandomi la porta della clubhouse, da cui in quel momento sbuca una testa bionda che conosco bene. Come mi vede, Elena lancia uno strillo e mi corre incontro. Prontamente Max prende le redini di Dream. Mi stringe in un abbraccio affettuoso, la mia amica, e io sento il disagio invadere le mie braccia. Come se fossero troppo pesanti per riuscire a sollevarle e rispondere all'abbraccio. Sorrido, con sforzo, nervosa. Non posso spiegare come la sua presenza mi sembri un'intrusione nel mio mondo ovattato. È la mia migliore amica, mi ripeto, sperando che queste parole penetrino la barriera che ho innalzato fra me e il passato. «Elena, vuoi soffocarla?» a queste parole alzo gli occhi e incontro quelli di Tommi. Per un ignoto motivo, mi sembra di cogliere una scintilla di comprensione. Elena si allontana di un passo e mi osserva sorridendo: «Magra, abbronzata... ma sei bellissima!» mi sento andare a fuoco. «Ti trovo bene anch'io» rispondo tiepidamente. La rossa stringe la mano sul braccio di Tommi, le unghie perfettamente curate, e osserva: «Sarà l'aria o non so cosa ma mi è venuta fame. Abbiamo visto sulla strada una trattoria molto carina...» «Non se ne parla neanche» interviene Max, strizzandomi l'occhio. Che vizio odioso, mi viene da pensare. «Siete miei ospiti, ovviamente!» La situazione mi prende la mano. Innanzitutto non ho una buona scusa per tornare a casa. Prima che io possa tentare di sottrarmi, Max ha già dissellato Dream e l'ha liberata in uno dei paddock a disposizione. Elena intanto mi rovescia addosso parole a catinelle, presente, passato e futuro mischiati in un calderone in cui è difficile districarsi. Non mi sogno nemmeno di interromperla, un po' perché la conosco e so bene che questo sarebbe difficile, forse impossibile. E poi per dire cosa? Il passato è sepolto nella memoria e non ho nessuna intenzione di rivangarlo con lei, il futuro... non penso al futuro, c'è solo il presente.

9.

Mi cade la forchetta nel piatto. Tintinna. Prendo il piatto, la forchetta e li lancio contro la parete. Frammenti di porcellana ovunque. E spaghetti. Spaghetti dappertutto. I cani mi guardano spaventati. E attirati. Dagli spaghetti. La mia rabbia riempie la stanza. Con la mano che trema afferro il bicchiere. Sono divisa tra il lanciarlo a far compagnia al piatto, vederlo infrangersi contro la parete, sentire il rumore dello schianto, oppure bere. L'acqua frizza, le bollicine salgono in superficie e scoppiano. Ho sete. Bevo. Un unico sorso. E poi il vetro si mischia alla porcellana sul pavimento.

Mi lascio alle spalle lo sfacelo e scendo in studio. Accendo il computer, scelgo la musica e alzo il volume. Per riempire la stanza, per riempire il silenzio. Per riempire la mia testa e far tacere le voci del passato, dal passato. Stordita dalla musica, dalla rabbia, dal dolore, dalla confusione di un'esistenza che era mia fino a questo pomeriggio. Lavoro nel buio, con la frenesia di chi ha bisogno di riappropriarsi della propria identità.

Il tempo scorre senza che ne sia consapevole. Sono le tre quando il mio cervello registra una serie di rumori anomali. Le unghie dei cani sul pavimento in legno sopra la mia testa, i loro abbai e i loro uggiolii. Spengo la musica. Salgo la scala di corsa. Appena apro la porta del corridoio, mi travolgono scendendo al pianterreno. Scodinzolano davanti alla porta d'ingresso. Qualcosa non va. Accendo la luce sul portico, usciamo tutti e quattro. C'è una macchina. Diluvia. Una persona dentro. Mi avvicino. Picchio sul finestrino. Niente. La pioggia mi cola in bocca. Apro la portiera.

Parte 2

Andante

10.

So essere una persona pratica. Non sempre. All'occorrenza. Quindi sveglio Elena, la porto in casa. Le do asciugamani, coperte, vestiti asciutti. Sembra un fantoccio, ma mi muovo io per lei. Le tolgo i vestiti bagnati, la infilo sotto la doccia. Parlo perché il silenzio mi è insopportabile. Mi cambio anch'io e preparo il caffè. È un mucchietto di stracci sul divano. Pulisco la cucina, i resti del mio accesso di rabbia mi guardano accusatori. I vetri scintillano sul pavimento, gli spaghetti collosi scivolano come lumache sul muro. Che schifo. Mentre mi agito in cucina, lei guarda nel vuoto. Mac la osserva dall'altro capo della stanza, Lello dorme nella sua cesta. Desde, sensibile, le si è accoccolata contro, offrendole il suo calore canino per difendersi dal gelo. E non solo quello che l'ha assalita in auto dove si è rifugiata, bagnata fradicia, dopo aver picchiato e picchiato, invano, contro il mio portone. Io non sentivo, per la musica che mi stordiva. Trangugio il caffè e cambio idea: le preparo una camomilla bollente. Non ha ancora spiccicato una parola. Lei che se n'è andata meno di dieci ore fa, parlando e parlando. Agitava le mani e mi sorrideva, guardandomi dal finestrino. E io, che l'ho odiata. Per essere felice, allegra, amata. Per essere venuta qui nel mio eremo a sventolarmi le sue fortune. Si è più egoisti nella felicità o nel dolore? Più egoista io, nel mio rancore, nel mio desiderio di essere dimenticata, lasciata nel mio angolo di mondo o lei, costringendomi a fare i conti con il passato?

Bevo un altro caffè, verso la camomilla nella tazza e le siedo accanto.

11.

Una lingua sul piede mi sveglia. Mi rigiro nel groviglio di lenzuola, ma sono sotto assedio. Lappate nell'orecchio, zampate sulle braccia. Mugugno. Il materasso si piega sotto il peso di un cane che si fa strada nel letto. «Ho capito, mi sto alzando.» Un'occhiata veloce alla sveglia sul comodino mi dice che ho sforato. Sono già le nove del mattino. Ai cani non importa che sia stata sveglia fino alle cinque. Mi alzo, scendo a piedi nudi e apro loro la porta d'ingresso. Si dileguano nel mattino limpido e bagnato dal temporale di ieri. Salgo di corsa la scala, pensando, troppo tardi, che sto facendo rumore e che probabilmente disturbo la mia ospite. In punta di piedi attraverso il corridoio, il legno scricchiola sotto il mio peso e soffoco un'imprecazione. Mi vesto con le prime cose che mi capitano in mano e torno di sotto. Poi ci ripenso e sostituisco le scarpe da ginnastica con stivaloni di gomma, per affrontare il fango. Entro nel paddock, accolta da nitriti entusiasti. «Avete fame, stamattina, eh?» Il sole è tiepido, i cavalli sguazzano nelle pozze, sollevando schizzi. Mentre divorano il fieno, con la forca ripulisco la capannina e metto un po' di truciolo pulito.

Dopo aver espletato i miei compiti mattutini, sulla via di casa, mi concedo di ripensare agli avvenimenti della notte precedente. Dal racconto sconnesso di Elena, ho ricostruito gli avvenimenti che l'hanno riportata all'eremo. Come in un film, è scesa dall'auto di Tommaso, ha aperto la porta di casa, ha seguito le tracce di biancheria intima disseminata dal corridoio fino alla camera da letto. Dove l'aspettava la brutta sorpresa. Lo ammetto: forse la mia fantasia è un po' sbrigliata, ma le cose sono andate così, all'incirca. Solo che, invece di fare una scenata, lei ha preso le chiavi della sua macchina e ha vagato per qualche ora. Fino a che non è arrivata qui. E io non ho aperto. Non vincerò certo il premio migliore amica dell'anno.

12.

La mia ospite dorme ancora. O forse è solo rintanata in camera a chiedersi come affrontare la nuova realtà. Lo so: ci sono passata anch'io. Non voglio disturbarla. Non ancora almeno. Il coraggio per uscire da lì deve trovarlo da sola. Mi riempio una tazza di caffè e faccio incetta di biscotti. Scendo in studio, con il mio carico. Bisogna lavorare per mangiare. E mangiare per lavorare. Mi suona il cellulare, il caffè ondeggia pericolosamente nella tazza. Appoggio il tutto e rispondo al volo, prima che gli squilli sveglino Elena. «Pronto?» Mia mamma che chiama a quest'ora? «Pronto, sono Tommaso.» Come ho potuto non pensarci? Che cretina! «È qui. Dorme.» Sospirone dall'altra parte. «Scusa, proprio non mi è venuto in mente di chiamare. È successo tutto...» «All'improvviso, certo. Sta bene?» Sento una sorta di colluttazione o qualcosa di simile. «Me la passi?» Roberto deve essersi impossessato del telefono, ipotizzo. «Dorme. E anche se non fosse così, dubito che vorrebbe parlarti. Sta bene, comunque.» Stupido maschio egoista, vuoi solo difenderti? La freddezza nella mia voce deve averlo calmato, comunque, perché è con un tono meno imperioso che chiede: «Le dirai di richiamarmi? O di tornare a casa? Insomma...» «Non so cosa voglia fare. Le dirò che hai chiamato» e attacco. Senza diritto di replica, brutto stronzo. Suona bene. Lo ripeto ad alta voce. Poi alzo gli occhi e la vedo nel vano della porta, i capelli arruffati, i piedi nudi, gli occhi gonfi e rossi. Il commento giusto al momento giusto, accidenti. Sfodero un penoso sorriso stiracchiato e dico: «Già in piedi? Dormito bene? Ti va di fare colazione?» Magari posso smetterla con la raffica di domande. Incontro il suo sguardo e questo mi ammutolisce, finalmente. La sua voce sembra arrivare da molto lontano, sottile e tremante: «Era Robi?»

13.

Mio padre è morto d'estate. Faceva caldo, era luglio. Aspettava fuori da un ufficio comunale l'orario di apertura. Il suo cuore si è fermato. È caduto. Prima che toccasse il cemento del marciapiede era morto. Per un brutto scherzo del destino, io ero in vacanza. E così non ho più rivisto mio papà.

Mi sarei sentita meno in colpa se fossi stata in città? Se l'avessi visto uscire, l'avessi salutato? Se fossi stata lì quando la polizia ha chiamato?

Non ho risposte a queste domande. So però che da quel giorno la mia vita è cambiata. Io sono cambiata. Mi sono murata in pareti di silenzio, senza via d'uscita. Il mondo intorno è diventato solo il pallido riflesso di una realtà che per me non aveva più senso.

Ricordo le persone, le parole, i gesti d'affetto, il giorno del funerale. Niente, allora, poteva scalfire il mio rifugio di dolore. E forse nemmeno ora. Ricordo tutto e vorrei dimenticare.

Sono passati i giorni, poi settimane, poi mesi. La vita va avanti, mi dicevano. Ma che vita?, mi chiedevo io.

Mi alzavo la mattina, andavo a lavorare, facevo l'amore con il mio fidanzato. Ma la mia anima era altrove. Un automa recitava, male, la mia parte.

Quando ho scoperto che aveva un'altra, non mi sono stupita, non ho sofferto. L'ho guardato elencare le sue bugie, le mie colpe e poi domandare il mio perdono con la stessa indifferenza di chi guarda un brutto film.

Solo quando ho trovato l'eremo, ho ricominciato a vivere.

14.

Spilucca svogliata la colazione che le ho imbandito davanti in stile Grand Hotel a cinque stelle. Colazione continentale, madame? Okay, tentativo di strapparle una risata: fallito. La guardo in silenzio, ma avrei mille domande. Come se mi leggesse nel pensiero, mi guarda: «Posso restare?» Posso forse dire di no? «Certo.» «Non ti darò fastidio, io...» Lo fai già, penso. Il tuo dolore è ingombrante, in questa casa. Riempie gli spazi, invade la mia mente, mi tormenta. «Non ti preoccupare.» Sono una stronza, fredda ed egoista. Non sono neppure capace di abbracciarla. Ho queste braccia di piombo, quest'ansia che mi riempie la bocca di un gusto metallico. Le do una pacca leggera sulla spalla, penosa come sono. «Mangia qualcosa, okay? Sono in studio se hai bisogno di me.»

Mi rifugio nel mio disordine primordiale, sentendomi finalmente al sicuro. Cerco una musica che faccia il paio con il mio umore incazzato e disperato. Tormentato. Non ho più pace da ieri. È inutile che tenti di lavorare, così esco. È quasi mezzogiorno. Fischio, i cani accorrono. Mi incammino verso il torrente, due passi per schiarirmi le idee e liberarmi dai fantasmi del passato. Facendo moto brucio le emozioni negative, deve essere così. Non voglio pensare a Luca. Non ho mai pensato davvero a lui. L'ho cancellato dalla mai vita. Fino a ieri, però. Ho rivisto nelle lacrime di Elena le mie, nella sua disperazione la mia. Ho fatto tutta una serie di cose cretine in quei mesi. Ma sono sopravvissuta. Mi sono aiutata da sola.

Non vuol dire che possa abbandonarla a se stessa. La voce della mia coscienza. Sembra proprio la voce di mia madre. Ritorno sui miei passi. Non posso abbandonarla. Ha bisogno di me.

15.

Urla. Fantastico. Ora cosa sta succedendo? Sono stata via solo mezz'ora! Mac e Desde corrono in avanti, abbaiando a più non posso. Lo farei anch'io se servisse a qualcosa. Oppure potrei tornare indietro, o nascondermi nel rudere. Una codarda, ancora la voce di mia mamma. Quando arrivo sotto il portico, la scena che mi si presenta è agghiacciante. Intanto una macchina è salita sulle aiuole antistanti la casa, devastandole. E questo è un oltraggio che non sono disposta a tollerare. Oltretutto, Roberto, il proprietario della macchina assassina, ha afferrato Elena per un braccio e la trascina verso la portiera spalancata. Dunque il fedifrago è venuto a riprendersi la fuggiasca. Che, ovviamente, non ha nessuna voglia di tornare a casa. Suppongo che già il solo vederlo la faccia star male. I cani abbaiano, la ragazza strilla. È a piedi nudi sulla ghiaia, vestita solo con la maglietta che le ho prestato per dormire. Prima che io possa intervenire, però, arriva un cavallo al galoppo. Un cavallo al galoppo? Per un attimo rimango interdetta, poi riconosco il cavaliere. È Max. Smonta, afferra Roberto per la maglietta e gli tira un pugno violento. Non resto a guardare. Mi occupo di raccogliere Elena, che è rovinata per terra. Intanto spero che il mio provvidenziale vicino gli abbia spaccato il naso da parte mia. L'aiuto a rialzarsi, si appoggia a me per fare i gradini. Ha le piante dei piedi scorticati. La faccio sedere sul dondolo e torno a dar man forte a Max. Che però non ha affatto bisogno del mio aiuto: senza nessuna gentilezza, ha piazzato Roberto in auto e gli sta intimando di andarsene e di non tornare più. Sgommando, il fedifrago se ne va. I cani smettono di abbaiare. Nel silenzio risuonano solo i singhiozzi della mia bionda amica e il rumore delle ganasce del cavallo di Max che sta dando il colpo di grazia alle mie aiuole.

16.

L'armadietto dei medicinali mi si rovescia addosso non appena lo apro. Per dire quanto fosse in ordine. La sonora caduta richiama l'attenzione del mio fido vicino, che dalla sala mi urla: «Tutto bene?» «Sto arrivando» rispondo. È fin troppo sollecito. Mi irrita. Veramente è una giornata da dimenticare. Cosa ci fa tutta questa gente a casa mia?

Max ci ha liberate del traditore violento, poi ha preso in braccio Elena e l'ha portata in casa, sul divano. Se non fosse che ci ha realmente salvato da una situazione critica, questo suo comportamento da romanzo d'appendice mi disgusterebbe. Trovo il disinfettante, dei cerotti e persino delle garze. Max misura a grandi passi il soggiorno, Elena piange sommessamente sul divano. Le medico i piedi, cercando di non farle troppo male. «Vuoi una camomilla? O qualcosa per dormire?» Devo avere dei blandi tranquillanti, di là, almeno penso. Scuote la testa. «Dovresti però» interviene Max e la convince a prendere della valeriana e ad andare a riposare in camera. E ce la porta lui, in braccio. Non mi azzardo a proferire parola e torno in bagno. Raccolgo medicinali e controllo anche la data di scadenza. Non si sa mai. Ci sono più medicine per animali che per persone. Max mi trova immersa in questa occupazione: «Vuoi una mano?» Mi cade la confezione di Cardotek dalle mani. «Scusa non volevo spaventarti.» «Niente ero soprappensiero» provo un sorriso. «Siamo tutti nervosi» commenta di rimando. «Già, è una fortuna che fossi nei paraggi.» Annuisce. «Ho chiamato Tommaso. Dice che parlerà con suo fratello. Potete stare tranquille» ha un tono grave, da poliziotto dei telefilm americani. Cerco di non ridere. Davvero, è stato così gentile. «Lo so. Non penso poi che volesse davvero...» Mi guarda come se fossi pazza, poi mi sorride: «Ora vado, ci sentiamo più tardi, okay?» «Okay» rispondo di riflesso. Ci risentiamo per cosa?

17.

Trascorro il pomeriggio nel tentativo di salvare le mie aiuole. Le speranze che tornino a vivere e a fiorire sono remotissime, però. Non che siano mai state un granché. Sono negata per il giardinaggio. Ci tengo, questo sì. Ogni misero fiorellino che nasce per me è una conquista. Vederle deturpate e devastate senza motivo mi riempie di tristezza. Suppongo che ci sia una sorta di identificazione tra me e l'eremo. Se qualcuno danneggia l'eremo, danneggia me. Mi sento colpita dentro. Poi adoro sporcarmi le mani di terra. In più non mi sento in vena di lavorare, sono troppo turbata dagli ultimi avvenimenti. Non riuscirei a concentrarmi su quello che sto facendo. Considero l'idea di andare a fare una passeggiata con Dream, ma scarto anche questa ipotesi. L'ultima volta che mi sono allontanata da casa è successo il finimondo.

«Che disastro!» la voce mi coglie di sorpresa. Alzo la testa: Elena mi guarda sconsolata. Parla di me? In effetti i miei capelli devono essere terribili. Ah no, si riferisce alle aiuole. «Ma no. Erano misere già prima.» Si siede sui gradini. «Mi dispiace.» Suppongo che non sia per i fiori, questo. «Per quello che ne so, tutto passa» devo averlo letto in un bacio Perugina. Ha gli occhi pieni di lacrime. «Ti va di fare due passi?» può essere un'idea, no? Annuisce senza parlare. Ci incamminiamo verso i paddock e io parlo e parlo. A vanvera. Solo per non sentire il silenzio. Ci sediamo in riva al torrente. E sto zitta. Finalmente. Non ho più niente da dire. Ho già detto abbastanza. Tutto passa. Che cretina. «Si sta bene qui» sussurra, gli occhi puntati sull'acqua cristallina che corre a valle. Non commento. Per non farla piangere di nuovo.

18.

Assomiglio incredibilmente a mia mamma. Mi sono fatta una doccia e poi ho iniziato a cucinare. Con più entusiasmo che perizia. L'ho fatta sedere a tavola e la sto rimpinzando di cibo. Penne ai quattro formaggi ("sai qui il formaggio è una delizia, la latteria è dolcissima. Il taleggio poi..."), arrosto con le patate e torta con la nutella. Condisco il tutto con insalata di chiacchiere. Non so dove trovo tutte queste parole. La mia interlocutrice risponde a monosillabi. Continuo a riempirle il piatto di cibo. Come mia mamma, penso di curare le ferite dell'animo, occupandomi del corpo. Io, infatti, dalle cure di mia mamma sono scappata. Alla fine, mi siedo a guardarla giocherellare con le patate nel piatto. Il fatto che Mac le dorma sui piedi mi conferma che, sicuramente, l'arrosto, ma probabilmente anche le penne, sono finite sotto il tavolo in ingenti quantità. Afferro la bottiglia di vino che ho messo in tavola a beneficio della mia ospite. Con la punta dell'indice, disegno delle forme sulla condensa formatasi sopra il vetro. Temporeggio. Poi, mi decido e verso due dita di bianco nel bicchiere e lo sorseggio. Le bollicine mi riempiono il naso. Resisto alla tentazione di versarmene altro, di cercare l'oblio nel liquido ambrato. Le vecchie abitudini. Mi alzo e lo metto in frigo. «Domani me ne vado» la sua voce alle spalle mi coglie di sorpresa. Mi giro, piano, per avere il pieno controllo della mia espressione facciale: «Dove?» «Torno a casa.» Le faccio notare che casa sua è con lo stronzo? Meglio di no. «Puoi restare», tono neutro. Scoppia a piangere: «Non voglio andare a casa. Ma ti do fastidio. Non voglio essere un peso per nessuno.» Oddio. «Non sei un peso. Davvero.» Pausa. Sospiro. Le allungo un pezzo di scottex: «Mangia una fetta di torta.» Su di me si può sempre contare.

19.

La sento singhiozzare nella stanza accanto. Dovrei alzarmi, bussare, entrare e consolarla. Ma non ce la faccio. Mi rannicchio sotto la coperta e nascondo la testa sotto il cuscino. Così non sento. E la coscienza non mi rimorde. Desde uggiola. Mi infila la testa sotto il cuscino. Da che parte stai, piccola infingarda? Mi tira delle zampate. Ho capito, ho capito. Spingo via le coperte, con i piedi esploro nel buio il pavimento fino a trovare le pantofole. Guardo Otello prendere il mio posto sul cuscino. «Non ti ci affezionare, tu» ed esco dalla mia camera, tallonata dalla cagnolina bionda. Busso una, due volte, poi apro piano e affacciando la punta del naso chiedo: «Possiamo?» Desde non aspetta un secondo e si fionda nella stanza. In un balzo è nel letto e bacia Elena con ardore. Soffocata dalle effusione della mia cagnetta invadente, si scusa: «Ti ho svegliata? Mi spiace, io...» «Non importa» sono sulla soglia della stanza, praticamente un piede dentro e uno fuori, per sicurezza. «Ti va una camomilla?» la sto imbottendo, fra cibo, camomilla e calmanti vari. Scuote la testa: «Ora mi passa, solo...» la frase si perde fra le lacrime. Faccio un passo in avanti, anche se tutto nella mia testa urla di tornare indietro, a letto. «Non fare così, okay?» io sì che so consolare le persone. «Ascolta, adesso ti sembra orribile. Lo so. Ma datti un po' di tempo e le cose miglioreranno.» Odio questo tono da maestrina. E ottengo solo nuovi singhiozzi. Persino Desde mi guarda accusatoria, come se fosse colpa mia. D'altra parte, pur non avendo colpa, non ho nemmeno nessun merito. Sto qui, in mezzo alla stanza, impalata come un attaccapanni. Persino Max, che non l'aveva mai vista prima dell'altro giorno, l'ha aiutata e confortata più di me. Solo che io... ho i miei motivi. Voglio dire, io i miei drammi me li sono risolti da me. Già, così risolti che vivo in fuga. Eppure non ho scelta, il mio destino è scappare di fronte al dolore altrui. Sono fuori dalla porta, quando con voce rotta la mia amica dice: «Resti con me?»

20.

«Pronto.» Il nettapiedi mi cade di mano e si infila sotto la carriola. Merda!

«Pronto ciao, sono Tommaso» mi chino e allungo la mano, quella libera dal telefonino. Non ci arrivo, devo spostare la carriola, maledizione. «Tommaso...» Preso. Fine del turpiloquio. La cavalla si agita, infastidita. Ok, una cosa per volta. «Pronto?» accarezzo Shady «sì scusa eccomi. Ciao.» Cosa vuole adesso? «Ti disturbo?» Puoi giurarci. «No no, dimmi.» «Niente, volevo solo sapere come va.» Una favola. Ha pianto fino alle quattro del mattino. Poi mi sono addormentata, io, ma lei forse ha continuato. «Ora dorme.» «E volevo anche scusarmi per ieri.» Non per le aiuole, immagino. «Sì beh... non preoccuparti. Davvero.» «Mi ha chiamato Max. So che è stato...» Imbarazzante. Tempismo perfetto, però. «Mi dispiace molto. Non so cosa dire.»

«Senti sono cose che succedono. Davvero è tutto ok.» «E tu come stai?» Cosa te ne frega? «Un po' provata.» Ma cosa cavolo dico? «Mi immagino. Senti, mio fratello non vi darà più fastidio» ci mancherebbe «e per il resto, qualunque cosa conta pure su di me. So che non deve essere facile» Cosa ne sai? Però non posso negare che la comprensione, vera o finta che sia, nella sua voce mi smuove dentro qualcosa. «Ora ti devo proprio lasciare. Grazie e ciao» concludo frettolosamente. Schiaccio il tasto rosso prima ancora che lui possa rispondere. Mi sento terra di conquista. Mai avuti tanti contatti umani in un anno. Libero Shad nel paddock, galoppa via con eleganza. Presa dall'impulso di imitarla, chiamo con un fischio Dream. Si avvicina trotterellando, le infilo la cavezza, la porto sotto il portico e la sello. È calda di sole e profuma di buono. Mi lascio l'eremo alle spalle un quarto d'ora più tardi, con il solito codazzo di cani.

21.

Dopo una notte di pianti, rimpianti e recriminazioni di vario genere, stare all'aria aperta mi rigenera. Mi sento di nuovo viva e padrona della mia esistenza. Non sono più costretta a rivivere il dolore e la confusione di chi si trova con il culo nudo per terra, tra sogni infranti e tutto il resto.

Ripenso con fastidio alla telefonata di Tommaso. Buone forse le intenzioni. Ma mi fa sentire come se mi controllasse. Anzi no.